BATMAN ™

ATRACO AL BANCO DE SEMILLAS

Batman creado por Bob Kane con Bill Finger

texto de
J. E. Bright

ilustrado por
Ethen Beavers

LABERINTO

EDLA 35978

Título original: *Seed bank heist*
Texto original: J. E. Bright
Ilustraciones: Ethen Beavers
Traducción: Jorge Loste Campos
Publicado bajo licencia por
Ediciones del Laberinto, S. L., 2016
ISBN: 978-84-8483-826-5
Depósito legal: M-4480-2016
Impreso en España
EDICIONES DEL LABERINTO, S. L.
www.edicioneslaberinto.es

←TÚ ELIGES→

BATMAN™

Hiedra Venenosa se ha apoderado de un banco de semillas lleno de simientes históricas de todo el mundo con un valor incalculable.

¡Solo TÚ puedes ayudar al Caballero Oscuro a frustrar el atraco del banco de semillas y detener a la exuberante criminal!

Sigue las instrucciones que encontrarás al final de cada página. Las decisiones que TÚ tomes cambiarán el curso de la historia. Cuando termines uno de los caminos, ¡vuelve atrás y lee el resto para descubrir más aventuras de Batman!

En el lóbrego horizonte del centro de Gotham empiezan a verse las primeras luces del amanecer.

Después de una larga noche patrullando por sus violentas calles, Batman se dirige en su Batmoto hacia la Mansión Wayne. No obstante, resopla profundamente cuando ve aparecer la Batseñal contra las nubes rojizas.

—Vaya... —se queja, dando la vuelta con su motocicleta y emprendiendo el camino de regreso hacia la Comisaría de Policía—. Un último recadito antes de dormir.

El comisario Gordon saluda con la cabeza a Batman cuando aparece en la azotea. Parece tan cansado como el Caballero Oscuro.

—Ahí estás —dice Gordon—. No te molestaría a estas horas si no fuera verdaderamente importante. Se ha producido una fuga en el Asilo Arkham.

Pasa la página.

—Habría que empezar a pensar en reforzar la seguridad —refunfuña Batman.

—Pero si ya es la prisión de alta seguridad más vigilada del mundo —objeta Gordon.

Batman cruza sus musculosos brazos.

—¿Quién se ha fugado esta vez?

—Pamela Isley —dice Gordon—. Nuestra floreciente amiga.

—Hiedra Venenosa no es ninguna amiga mía —gruñe Batman—. Es una supervillana tóxica que se preocupa más por las plantas que por las personas. ¿No estaba encerrada sin ningún tipo de vegetación que pudiese controlar?

El comisario Gordon comprueba sus notas.

—Aaron Cash, el guarda de seguridad, nos ha informado de que Isley usó musgo. Una espora se coló gracias a una cañería rota y ella provocó que le crecieran raíces gigantescas, que acabaron por reventar las paredes.

—¿Algún informe sobre hacia dónde puede dirigirse? —pregunta el Caballero Oscuro.

—Nos ha llegado el rumor de que se encamina hacia el Jardín Botánico Giordano —responde Gordon.

Batman sacude la cabeza.

—Vaya, no parece que vaya a ser una buena mañana. Dentro de un jardín, Hiedra Venenosa es excesivamente poderosa. En un lugar así, se convierte de forma literal en una fuerza de la naturaleza.

El superhéroe salta desde el borde de la cornisa.

—Llegará antes que yo —indica Batman—. Ten lista una fuerza de asalto.

Mientras se desliza por la escalera de incendios hasta su Batmoto, Batman carga un mapa de Gotham en su dispositivo de telecomunicaciones. La imagen aparece proyectada en su lente.

—Distrito Burnley —ordena Batman. El mapa se centra en la zona norte de Gotham. La Isla Arkham está en un extremo al oeste, cerca del Jardín Giordano. El Departamento de Policía está en Old Gotham, en la punta sur de la metrópoli.

Batman pone la Batmoto a las máximas revoluciones, los jardines están a cuarenta y cinco minutos de camino… para un coche normal que respete las normas de tráfico. Él es capaz de llegar en quince, aunque sigue siendo mucho tiempo para que Hiedra Venenosa provoque el caos.

A lo mejor el nuevo sistema turbo cuántico de la Batmoto consigue reducir la ventaja.

—Máxima velocidad —comanda Batman.

Nueve minutos después, la Batmoto se detiene derrapando y echando humo. En el aparcamiento del Jardín Botánico Giordano hay dispersos viejos robles y manzanos. Batman los mira suspicazmente, cualquier planta es un arma en potencia.

Un muro de piedra muy alto rodea todo el complejo de jardines. Batman baja de la Batmoto y la configura en modo camuflaje-defensivo.

Pasa la página.

Cuando se acerca a las taquillas, ve a cuatro personas salir corriendo entre gritos. Todas visten la misma camisa verde con la palabra EMPLEADO bordada en el pecho con grandes letras.

Batman sujeta del brazo a un hombre joven.

—¿Dónde está? —pregunta—. ¿Dónde está Hiedra Venenosa?

El jardinero tartamudea.

—¡Batman! —exclama al borde de un ataque de nervios, mientras sus compañeros de trabajo se alejan a la carrera—. La vi... en el prado grande. Iba hacia... los parterres. Todas las plantas se están volviendo locas. ¿No dañará mis rosas, verdad? En esta época son especialmente delicadas, están en floración...

—Ella preferiría morir antes que estropear una rosa —asegura Batman al jardinero—. Es el resto de Gotham lo que me preocupa. Póngase a salvo.

Batman esprinta por la avenida principal, que se extiende entre hileras de olmos altísimos. Las plantas se estremecen y contonean a su alrededor, excitadas por la presencia de Hiedra.

—Información del Jardín Giordano —exige a la Batcomputadora.

—El Jardín Botánico Giordano es un parque horticultural y un centro de investigación —informa la Batcomputadora—. Está dedicado a la conservación de flora en peligro de extinción y cuenta con un hábitat para plantas carnívoras famoso en todo el mundo...

—Solo características generales —dice Batman. Salta por encima de un banco de madera y se lanza a la carrera por un gran prado despejado y ondulante, apresurándose hacia las manchas de vivos colores de los tupidos macizos de flores en el lado opuesto.

—Área: noventa acres en total —prosigue la Batcomputadora—. Treinta y dos acres de jardín exterior. Cuarenta y cinco acres de bosque, incluyendo un pinar. Además cuenta con dos zonas acuáticas: un lago alimentado por aguas subterráneas y un estanque de lirios. El recinto exterior y el Invernadero de Cristal albergan 50 mil plantas vivas, además de cobijar 5 millones de especies diferentes. El Invernadero de Cristal es una estructura de vidrio con un diseño clásico y una extensión de 13 700 metros cuadrados…

—¿Cómo se almacenan las especies que no están vivas? —Sigue indagando Batman, mientras se apresura hacia una señal donde se indican tres senderos que se internan en el parterre.

—Millones de plantas se preservan en muestras de ADN ultra congeladas —responde la Batcomputadora—. Asimismo, el Banco de semillas Wayne almacena simientes dentro de una cámara acorazada diseñada para soportar catástrofes.

Siendo Bruce Wayne, propietario mayoritario de la Corporación Wayne, firmó una subvención para financiar la construcción de la cámara acorazada. Es crucial para proteger la biodiversidad del planeta y asegurar los recursos alimenticios de la humanidad.

Pasa a la página 11.

—Eso es lo que anda buscando Hiedra —dice Batman—. ¡Va a atracar el banco de semillas!

Se detiene en los confines del plantío.

Las flores se agitan de forma enfervorecida entre los arbustos, pequeños árboles y racimos plantados en los parterres. Las azaleas rosa coral y los rododendros rojos fulguran de forma cautivadora e inquietante. Las margaritas, crisantemos y pensamientos brillan y centellean con tonos intensos de todos los colores del arcoíris, como si estuviese atrapado en un sueño.

El caos en la vegetación solo puede significar una cosa.

—Hiedra Venenosa está cerca —murmura Batman.

Pasa a la página 34.

Mientras Batman escucha con atención, intentando identificar el extraño ruido que emana de los árboles frutales, advierte que la risa cruel de Hiedra Venenosa proviene de las profundidades del frondoso huerto. Escruta las tinieblas entre los troncos y distingue a la supervillana en la distancia, escabulléndose por el sendero.

Frustrado por no haber atrapado todavía a Hiedra Venenosa, Batman lucha contra la impaciencia que le tienta a salir corriendo tras su estela entre los árboles frutales.

Está seguro de que le aguarda algún tipo de truco. ¿Qué trampa le habrá preparado Hiedra Venenosa en esa arboleda?

Si Batman decide infiltrarse entre los frutales, intentando no ser descubierto por Hiedra Venenosa, pasa a la página 32.
Si Batman comprueba el sendero antes de internarse en el huerto, pasa a la página 58.

En el momento en el que Batman se interna a la carrera por los arbustos de lilas, Hiedra Venenosa escapa por el extremo opuesto. Vapores de color púrpura empiezan a rodear a Batman, haciéndole sentir atontado de nuevo. Corre detrás de Hiedra, ¡pero cada vez le saca más ventaja!

Batman saca una cerilla-infalible de un tubo impermeable de su Batcinturón. La frota contra un guante y la punta recubierta de sulfuro chispea, prendiendo en llamas el fósforo. Un olor a huevos podridos que le resulta familiar llena las fosas nasales de Batman. ¡Ya no huele a lilas!

Liberado del mareante perfume, Batman se lanza a la carga atravesando los arbustos.

Cuando llega a la cima de una pequeña colina, descubre a Hiedra Venenosa internándose tras la verja de hierro forjado que delimita el jardín de rosas.

Pasa a la página 37.

Batman lanza los codos hacia atrás, abriendo de golpe las fauces de la enorme planta insectívora. Al fin y al cabo, por muy grande que sea, no es más que una hoja con forma de cilindro. Se despega a sí mismo hasta quedar completamente fuera de la planta, y salta hacia detrás como si tuviera un muelle.

Desafortunadamente, Batman coge demasiado impulso al liberarse y pierde el equilibrio, golpeando su hombro contra una descomunal planta rocío del sol.

Los tentáculos de la rocío del sol le rodean los brazos. Sus hojas están recubiertas con una emulsión y unos pelillos muy pegajosos. La planta empieza arrastrar a Batman, estrujándole todavía más fuerte. Por mucho que lo intente, es incapaz de liberarse.

Batman tiene una pistola eléctrica en el Batcinturón que podría resultar efectiva contra ese descomunal espécimen... O también podría lanzar un Batarang e intentar seccionar los tallos de la planta.

Si Batman dispara su pistola eléctrica contra la rocío del sol, pasa a la página 43.
Si decide seccionar los pegajosos tentáculos de la planta, pasa a la página 82.

Esprintando hasta la zanahoria gigante más cercana, Batman salta sobre el borde del cajón de cultivo y tira del tallo con todas sus fuerzas.

La zanahoria sale al exterior y queda libre. Batman se esfuerza por mantenerla en alto... ¡prácticamente tiene su misma altura!

Los colegiales le vitorean desde atrás, mientras Batman se coloca la zanahoria debajo del brazo como si fuera un caballero en una justa medieval. Cuando el primer fruto gigante cae rodando, ya está más que preparado.

Batman ensarta al descomunal tomate con su lanza de zanahoria. El fruto revienta y salpica zumo rojo por todas partes.

—¡Mis maravillosos tomates! —vocea furiosa Hiedra Venenosa—. ¡Cómo te atreves!

Pasa a la página 85.

Los pepinos tienen el tamaño de un sofá y los tallos de apio son como troncos de árbol. Las zanahorias sobresalen del barro, sus cabezas anaranjadas parecen el montículo del lanzador de un campo de béisbol. Las tomateras son las plantas más próximas a Batman y sus frutos son como rocas enormes. Se balancean por encima del cajón de cultivo, amenazando con caer desde las alturas, rodar y aplastar a los estudiantes.

Las ramas de los pepinos y las tomateras se encrespan hacia Batman, multiplicándose de forma demente e intentando mantener agarrado y cautivo a todo el mundo.

—¡Hiedra detente! —grita Batman—. ¡Solo son niños inocentes!

Hiedra Venenosa se ríe.

—Así empezarán a gustarles las verduras.

—¡Esto es una pesadilla! —gime uno de los niños.

—No tengas miedo —le tranquiliza Batman mientras mira a su alrededor. ¿Qué podría emplear para batallar contra esos tallos y verduras gigantes?

Si Batman esgrime una zanahoria inmensa como si fuera una lanza de justa, pasa a la página 16.
Si sale corriendo para intentar alcanzar el tractor, pasa a la página 90.

Batman pega un ágil salto, agarra el borde de la mesa y la voltea, tirando al suelo docenas de plantas de aloe. Aterriza agachado tras el tablero.

Las púas de los cactus rebotan contra la mesa. Batman está acurrucado detrás, totalmente resguardado.

Pero Hiedra Venenosa no piensa malgastar eternamente la munición de sus cactus.

—¡Escóndete ahí para siempre! —chilla, y camina a grandes zancadas hasta la esquina del fondo del entorno desértico.

El ascensor de la cámara acorazada del banco de semillas está abierto, listo para que ella descienda, ya que previamente ha obligado a huir al vigilante.

—Si Batman asoma la cabeza, ¡dejadle como un colador! —ordena Hiedra Venenosa a sus cactus.

La supervillana entra en el ascensor y, mientras se cierran las puertas, dice adiós con la mano socarronamente a Batman.

Pasa a la página 80.

Hiedra Venenosa sale de detrás de un árbol, a solo unos pocos metros bajando por el sendero flanqueado de pinos. Sonríe.

—Hubo un tiempo en el que estos magníficos seres cubrían vastas regiones de la tierra. Cada ejemplar puede llegar a vivir miles de años, más tiempo que una civilización entera de humanos... Ahora están en peligro por culpa de la desforestación, por culpa de la avaricia humana.

—Yo estoy tan dispuesto como tú a proteger los bosques de pinos —contesta Batman— pero, en este preciso momento, tú los estás poniendo en peligro con tus fechorías.

Los ojos de Hiedra Venenosa fulguran de rabia.

—Tú eres el que está en peligro, Batman —dice—. Aunque no son estos gigantes los que te amenazan.

Alza las manos.

Los helechos a ambos lados de Batman se ponen rígidos y crecen vertiginosamente, triplicando su tamaño. Desdoblan sus plumosos brotes, tratando de agarrarle precipitadamente.

Si Batman trepa por un pino para escapar de los helechos, pasa a la página 42.
Si decide que lo mejor es alejarse corriendo, pasa a la página 79.

Batman reflexiona sobre el pegamento de los tentáculos que le tienen aferrado. Su adherencia proviene del mucílago, que seguramente debe ser extremadamente ácido con el fin de digerir las presas con sus enzimas.

Como el aglutinante tiene ácido, Batman se da cuenta de que puede neutralizar el mucílago si emplea una sustancia química básica... como el calcio... o...

Con su mano libre, Batman palpa su Batcinturón y coge una simple pastilla de antiácido. No es un arma... ¡no es más que un medicamento para apaciguar el dolor de estómago!

Batman aplasta la pastilla calcárea con los dedos y la espolvorea sobre el ejemplar de rocío del sol.

Desliza los brazos para liberarse y, enseguida, también las piernas.

Alarmada al ver que Batman ha conseguido sobreponerse a sus plantas carnívoras, Hiedra Venenosa escapa hacia el hábitat desértico, internándose por otro túnel.

Pasa a la página 50.

Batman se detiene en la linde del huerto de árboles frutales. Contempla el sendero que cruza serpenteando las hileras de perales, manzanos, ciruelos y melocotoneros. Los árboles están muy juntos y el denso follaje proyecta una sombra fantasmal sobre el camino. La arboleda está muy tranquila y silenciosa, a excepción de un extraño zumbido.

Batman camina hasta un peral y acerca el oído con cuidado a una fruta que cuelga a poca altura.

Sí, el ruido sale de la pera. El mismo zumbido anómalo sale también de las manzanas, ciruelas y melocotones. Las frutas se agitan en sus tallos.

El instinto de Batman le avisa de que está en peligro. Hay algo verdaderamente inquietante en ese vergel de árboles frutales.

Pasa a la página 12.

Superadas las inmensas compuertas de la cámara acorazada, el banco de semillas es una estancia impoluta con la apariencia de un laboratorio de ultimísima tecnología. Está refrigerada y las paredes recubiertas de estantes metálicos, llenos de tubos etiquetados y recipientes con semillas. Hay una mesa con microscopios y centrifugadoras al lado de una extraña máquina del tamaño de una nevera. Tiene la puerta abierta y de dentro sale un vapor glacial. Hiedra Venenosa se encuentra al final de la sala, donde registra los cajones de un pequeño gabinete.

Un científico se encoje de miedo debajo de la mesa del laboratorio.

Batman se apresura hacia el hombre.

—¿Está usted bien?

—Ten cuidado, Batman —replica el científico—. Esa loca me interrumpió cuando estaba usando la máquina de ultra-congelado con las muestras de tejido. ¡Es realmente peligroso!

—Gracias —dice Batman—. Ahora le sugiero salir corriendo.

El científico sube al ascensor y huye.

Pasa a la página 67.

Batman le lanza una patada a Hiedra Venenosa, pero ella la repele con una ráfaga de pétalos de flores de manzano silvestre. Debido al azote de las flores, a duras penas consigue mantenerse en pie. Además, es incapaz de ver nada por culpa del torbellino rosáceo. Batman se tambalea, sin estar ya seguro de dónde está Hiedra.

Los pétalos se adhieren a su rostro y obstruyen su nariz. Escupe trocitos de planta, pero inmediatamente son reemplazados por más flores. Batman se atraganta, ahogándose en pétalos. Las flores le están asfixiando.

Finalmente, Batman se queda sin oxígeno y cae al suelo inconsciente.

Se despierta en el hospital y descubre a una enfermera que lo mira detenidamente.

—¿Qué… hora es? —gime Batman—. ¿Dónde está Hiedra Venenosa?

El comisario Gordon se acerca, entrando en el campo de visión de Batman.

—Has estado inconsciente durante horas —le dice con gravedad—. Hiedra Venenosa logró escapar después de saquear el banco de semillas.

FIN

Para seguir otro camino, vuelve a la página 5.

Batman salta sobre los estantes y empieza a arrojar las semillas menos valiosas que va encontrando. Vacía las jarras con simientes de girasol, calabaza, garbanzos, frijoles, arroz silvestre, cebada y mandarina encima de la ola de savia borboteante.

—¡Detente! —grita Hiedra Venenosa—. ¡Las estás destruyendo!

—Eres tú la que ha armado todo este lío —dice Batman—. ¡Detén a tu palmera datilera!

Forrado de semillas, el flujo de savia se frena... hasta detenerse.

La cabellera rojiza de Hiedra Venenosa está alborotada de forma salvaje y colérica.

—No deberías haber amenazado su futuro —dice—. Ha llegado el momento de ponerse serios.

Pasa a la página 84.

Las plantas colgantes y enredaderas del baniano se retuercen y expanden detrás de Hiedra Venenosa.

—Te presento a mis epífitas —le indica—. Son maravillosas. Viven encima de otras plantas, pero obtienen el agua y los nutrientes del aire. Algunas epífitas tienen raíces que asfixian a otros árboles; como mi favorita, la higuera estranguladora.

—Conozco las epífitas —gruñe Batman. Retrocede cuando el espécimen de higuera estranguladora alarga hacia él sus velludas raíces subyugantes.

—Me encantaría comprobar qué sucede si un higuerón atrapa a Batman —dice Hiedra Venenosa.

Batman mira alrededor en busca de algo con lo que repeler la amenaza. Cerca hay una manguera de jardín, aunque quizá sea mejor simplemente aprovechar sus habilidades acrobáticas para escapar de las raíces.

Si Batman se aleja dando un par de volteretas acrobáticas, pasa a la página 46.
Si utiliza la manguera contra las epífitas, pasa a la página 78.

Debido a los violentos ataques de Hiedra Venenosa, Batman no tiene tiempo de preocuparse por la fragancia de las lilas. Bloquea los ágiles puños de la supervillana con sus guantes y le hace retroceder aprovechando su mayor fortaleza.

Hiedra Venenosa da una voltereta lateral y lanza una patada al abdomen del Caballero Oscuro. Ejecuta el movimiento con tanta rapidez, que Batman apenas puede seguirla con la vista.

Batman salta hacia atrás justo a tiempo, se siente mareado. Puede que la fragancia de las lilas le esté afectando.

Apretando los dientes, Batman ondea su capa y aleja con un remolino la neblina púrpura. Asimismo, puede que el movimiento de la capa despiste a Hiedra y le permita impactar un puñetazo contra la villana.

No tiene tanta suerte. Hiedra Venenosa adivina su artimaña y rueda fuera de su alcance.

Batman carga contra ella, pero se frena... la empalagosa fragancia de las flores le hacer sentirse mareado otra vez.

Si Batman aparta de su mente la sensación de sopor, pasa a la página 45.
Si Batman deja de pelear para colocarse la máscara de oxígeno,
pasa a la página 81.

Reina el silencio y el ambiente es húmedo y fresco en la arboleda de manzanos silvestres. La luz del sol se filtra con tonos rosáceos y el aire huele demasiado dulce.

Al no sufrir ningún tipo de ataque, Batman decide avanzar por el sendero hacia Hiedra.

En mitad de la arboleda, se detiene cuando una columna de pétalos se alza ante él formando un torbellino.

El tornado rosáceo gira cada vez con más fuerza. Hiedra Venenosa sale caminando del torbellino de pétalos.

—Adoro que las cosas más bellas suelan ser también las más letales —sisea.

—Sea lo que sea lo que planeas —le advierte Batman—, será mejor que ni lo intentes.

Hiedra Venenosa levanta los brazos.

Si Batman espera a ver qué hace Hiedra Venenosa, pasa a la página 77.
Si Batman se abalanza sobre ella, pasa a la página 92.

Aunque no deba fiarse de Hiedra Venenosa, Batman está convencido de que puede tolerar el Dragón de Ruby... así que mastica el chili.

Es dulce como el chocolate o las cerezas.

Pero entonces, el ardor estalla como una supernova. Se achicharra lengua y labios. El interior de sus mejillas arde por el picor. El infierno de chili asalta sus papilas gustativas, fríe sus fosas nasales y sofoca sus orejas. El incendio provocado por la guindilla desciende a su tórax, irradiando pálpitos fogosos.

Batman coge aire resoplando desesperadamente, cegado por la agonía, y se desploma desde lo alto de los estantes.

Pierde la conciencia antes de impactar contra el suelo.

El Caballero Oscuro se despierta en un hospital y distingue a una enfermera que le sonríe.

—Tiene suerte de seguir con vida —le consuela.

—Desde luego, no es gracias a Hiedra Venenosa —sentencia Batman.

Algún día, promete, se vengará de ella.

FIN

Para seguir otro camino, vuelve a la página 5.

Batman saca una bobina de hilo de su Batcinturón y ata uno de los extremos a un seto. Conforme se adentra en las profundidades del laberinto, deja que la bobina de hilo se desenrolle a sus espaldas.

—Aunque también podría torcer siempre a la derecha —dice Batman.

Ve cómo Hiedra Venenosa desaparece por una esquina, así que sale a la carrera tras ella. Oye sus risas al otro lado de los setos, pero cuando tuerce la esquina no está, tampoco al girar la siguiente.

Batman se detiene ante una intersección con tres caminos y decide usar sus dotes como rastreador. Descubre una pisada en las astillas de madera del sendero central, así que toma esa dirección con el hilo desenrollándose detrás.

Pero, de repente, encuentra su propio hilo al torcer por la siguiente esquina... el cordel atraviesa directamente una de las paredes de brezo.

—El hilo es inútil con las paredes móviles de Hiedra —maldice Batman—. Me he perdido.

Pasa a la página 33.

Las peonías florecen en setos de altura media, formando sinuosas hileras por la loma de la colina. Batman camina lentamente por un sendero, planeando tender una emboscada a Hiedra Venenosa en el siguiente giro del camino.

El tamaño de las flores de peonía es impresionante, cada una tiene la anchura de un bol de cereales, y sus gigantescos pétalos ondean como papel crepé. Su aroma es intenso aunque delicado.

Las abejas se posan en las flores blancas, rosas, amarillas y rojas.

Batman se detiene junto a un arbusto de poca altura con flores carmesí. Hiedra Venenosa se yergue al final de la hilera con las manos en jarras sobre las caderas.

—No vas a dejar de seguirme nunca, ¿verdad? —le increpa.

—No —contesta Batman—. No pararé hasta enviarte de vuelta a Arkham.

—Entonces necesito ayuda —dice Hiedra Venenosa.

Pasa a la página 73.

Después de toda una vida persiguiendo criminales en sus patrullas por Gotham, Batman está más que capacitado para moverse ágil y silenciosamente, manteniéndose oculto entre las sombras. Hay ocasiones en las que su entrenamiento en operaciones furtivas resulta muy útil.

Esa espeluznante arboleda es uno de esos casos. Se mueve sigilosamente pero con seguridad. Sin hacer un solo ruido, se desliza desde un peral a un manzano y después hasta un melocotonero. Sus botas prácticamente no tocan la maleza mientas acecha a Hiedra Venenosa cada vez más cerca.

Escondido tras un frondoso melocotonero, atisba a Hiedra oliendo la flor de un cerezo en el sendero.

Desde su escondite en las sombras, Batman podría atrapar a Hiedra Venenosa con un poderoso salto. ¿O debería antes intentar acercarse más y esconderse en un peral cercano?

Si Batman salta sobre Hiedra Venenosa, pasa a la página 53.
Si sigue acercándose con cautela, pasa a la página 74.

Convencido de encontrar la salida si realiza giros inesperados, Batman sigue intentando escapar del laberinto. Toma diferentes rutas y camina en círculos durante horas, hasta terminar completamente perdido en él.

Las sombras de los setos se hacen más alargadas conforme van pasando las horas. Hiedra Venenosa debe de haber abandonado ya el laberinto.

—Obviamente, ha dejado la vegetación con el piloto automático encendido —maldice Batman—. Se mueve de forma automática sin su ayuda.

Justo después, gira una esquina y encuentra la salida.

Batman sale corriendo del laberinto de setos y encuentra a dos policías en el prado.

—¡Hiedra Venenosa ha robado el banco de semillas y ha escapado! —dice un policía—. ¿Y tú dónde andabas?

—Me extravié —se excusa Batman.

FIN

Para seguir otro camino, vuelve a la página 5.

Una sensual mujer verde de cabellera roja sale desde un matorral de hortensias púrpuras acampanadas. Hiedra Venenosa mira fijamente a Batman.

—¡Ríndete Hiedra! —clama el Caballero Oscuro—. Antes de que alguien salga herido. De todas formas, tarde o temprano vas a acabar de vuelta en Arkham.

—Nunca volveré a esa mazmorra tenebrosa, Batman —contesta Hiedra Venenosa—. Debo asegurar el futuro de la flora mundial.

—El banco de semillas es crucial para la supervivencia de la especie humana en caso de un desastre —dice Batman—. No puedo permitir que esté bajo tu control.

Hiedra Venenosa olfatea las flores anaranjadas que cuelgan de un arbusto de madreselva achaparrado.

—No tiene por qué ser decisión tuya, Batman —dice ella—. Creo que yo soy la experta en todo lo relativo al cuidado de plantas. No estorbes o será tu perdición.

—No te muevas —le ordena Batman.

Pasa a la página 75.

Los ancianos se abrazan el uno al otro, acurrucados en medio del kiosko. Las zarzas se erizan alrededor del refugio como tentáculos en flor.

En apenas segundos, la estructura acaba envuelta de zarzas espinosas. Las rosas rojas y amarillas palpitan en la zarzarrosa, aunque es demasiado peligroso como para resultar hermoso.

—En los momentos finales de vuestras vidas —grita Hiedra Venenosa desde el exterior—. ¡No olvidéis oler las rosas! —Su risa maléfica se pierde en la distancia mientras se aleja a la carrera.

—Vamos a morir aquí adentro —gime la anciana.

—Nadie va a morir —dice Batman.

Batman realiza un inventario rápido de su Batcinturón. ¿Debería echar mano de su pistola de ganchos? ¿O quizá es más efectivo abrirse paso a machetazos con un tablón roto de la celosía?

Si Batman usa el tablón roto para abrirse paso a machetazos entre las zarzas, pasa a la página 41.
Si desenfunda su pistola de ganchos, pasa a la página 49.

Batman saca varios Batarangs de la riñonera de su Batcinturón y los lanza contra los misiles-banana. Tiene tanta práctica que los arroja de forma casi automática.

Acierta contra la primera andanada de bananas, cortándolas y desviando su trayectoria.

Sin embargo, el bombardeo no se detiene y una banana finalmente consigue pasar, impactándole en el hombro con un gran «¡plaf!».

Justo en ese momento, Batman se queda sin más Batarangs.

Una docena de bananas le golpean en la cabeza y cae inconsciente al suelo.

Horas después, un guarda del jardín botánico despierta a Batman.

—¿Qué... qué ha sucedido? —pregunta Batman.

—Hiedra Venenosa ha robado todas y cada una de las simientes del banco de semillas —contesta el guarda.

Batman sacude la cabeza dolorido. Es tan embarazoso haber sido derrotado por unas bananas.

FIN

Para seguir otro camino, vuelve a la página 5.

Batman baja a toda velocidad hacia el jardín de rosas por el sendero de la colina.

Una verja de hierro forjado muy alta rodea todo el jardín. La valla forma un gran hexágono que tiene un arco de entrada abierto en cada uno de sus seis lados. El enrejado está revestido por zarzas trepadoras entrelazadas, que están atiborradas de rosas.

Ahora que Hiedra Venenosa está dentro, las flores palpitan en tonos rosas, rojos, naranjas, amarillos y blancos... como un caleidoscopio salvaje de colores floreados.

Batman se detiene en la entrada, observando atentamente los caminos delimitados con piedrecitas blancas que cruzan los enrejados repletos de cogollos y flores. Todos los itinerarios llevan hasta un kiosko abovedado en el centro del jardín.

Los rosales están cubiertos por una maraña de zarzas y emiten una fragancia embriagadora.

Los rosales tienen púas realmente afiladas.

Los rosales son peligrosos.

Pasa a la página 83.

Batman no puede perder el tiempo boxeando con el saguaro. Hay demasiadas posibilidades de que acabe lastimándose él, además de a la planta inocente. Así que se da la vuelta y sale corriendo, rodeando a toda velocidad unas mesas de exposición cubiertas de tiestos con aloes dentadas.

—¡Apunten! —Hiedra Venenosa manda a su ejército de cactus alrededor de la habitación—. ¡Fuego!

Siguiendo sus órdenes, los cactus disparan sus espinas contra Batman.

Mientras Batman busca a su alrededor, intentando descubrir cómo escapar de los centenares de proyectiles espinosos que vuelan en su dirección, otro saguaro le lanza un puñetazo a la cara.

Si Batman usa el saguaro como un escudo, pasa a la página 66.
Si se envuelve en su capa, pasa a la página 91.

Batman sale disparado colina arriba detrás de Hiedra Venenosa.

El Invernadero de Cristal es un complejo enorme, compuesto por estancias de cristal interconectadas. Todas las habitaciones cuentan con un hábitat climatizado diferente. El recinto alberga plantas exóticas y singulares de alrededor del mundo, incluyendo un pabellón para plantas carnívoras y un ambiente desértico para cactus.

¡Batman espera con todas sus fuerzas ser capaz de detener a Hiedra Venenosa antes de que llegue hasta las plantas carnívoras!

Las simientes del Banco de Semillas Wayne están resguardadas en un enorme búnker en los sótanos del invernadero. Solo se puede llegar a través de un ascensor vigilado, que está ubicado en el ecosistema para plantas desérticas.

Hiedra Venenosa abre de un tirón la puerta principal del invernadero y se cuela en el interior.

Batman la sigue menos de tres minutos más tarde.

Pasa a la página 65.

Batman arremete contra las zarzas con un tablón roto y dentado. Pétalos de rosa vuelan por todas partes.

Una zarza llena de capullos de rosas se enrolla alrededor del listón. Batman forcejea, pero le acaba arrancando el tablón de las manos.

—¡Al suelo! —ordena Batman a la pareja.

Se apiñan tirados en el suelo del kiosko. Batman los cubre con su cuerpo y la capa se solidifica a su alrededor, formando un resistente cascarón protector.

Nota cómo las zarzas se enrollan alrededor y las púas se clavan en el resistente tejido.

Están ilesos… pero atrapados.

Los servicios de rescate tardan horas en extraerlos del rosal. Y, para entonces, Hiedra Venenosa hace tiempo que ha huido con las valiosas simientes del banco de semillas.

FIN

Para seguir otro camino, vuelve a la página 5.

Batman no puede perder el tiempo luchando contra helechos chiflados. Saca un cable de su Batcinturón y lo pasa rodeando el tronco de un pino. Batman comienza a trepar mientras los helechos intentan aferrar sus botas.

Apoya los pies contra la corteza e, inmediatamente, alza un poco el cable para subir el siguiente peldaño.

Batman escala con firmeza, alejándose con rapidez del suelo del bosque.

Conforme sube, a su alrededor comienza a arremolinarse la neblina y nota cómo le azota el viento.

—No mires hacia abajo —se recuerda a sí mismo.

Llega hasta las primeras ramas a casi dos metros y medio del suelo. Una vez que puede saltar por el ramaje de los pinos; en poco tiempo, alcanza el borde de la arboleda.

A esa gran altura, ve a Hiedra Venenosa meterse corriendo en un laberinto de setos cercano.

Pasa a la página 70.

Con su mano libre, Batman saca la pistola eléctrica del Bat-cinturón. No tiene la suficiente fuerza como para matar a alguien o algo, pero su shock sí puede paralizar a una criatura no demasiado poderosa.

Apunta su pistola eléctrica contra la rocío del sol y aprieta el gatillo.

La electricidad azul recorre los tentáculos de la planta, centelleando y reflejándose en las pegajosas gotas de líquido.

La pistola eléctrica no tiene ningún efecto.

En lugar de eso, la rocío del sol agarra con sus tentáculos las piernas de Batman y las amarra con fuerza.

—Muy bien, en ese caso —dice Batman—. Pasemos al Plan B.

Si Batman intenta neutralizar químicamente el pegamento de la rocío del sol, pasa a la página 20.
Si corta los tentáculos de la planta con un Batarang, pasa a la página 82.

Batman se abofetea con fuerza el mentón. Inmediatamente, su rostro se convierte en un enjambre de abejas. Los insectos le aguijonean en la nariz, labios, mejillas, barbilla y cuello.

Batman resopla y las abejas se meten en su boca, picándole en la lengua.

El héroe aplasta los bichos contra su rostro, pero más abejas reemplazan a las muertas. Los insectos inyectan su veneno bajo la piel de Batman, que se desmaya como consecuencia de la toxina y el shock.

Se despierta en la Batcueva, su mayordomo Alfred le observa.

—Oh bien, Señor Bruce —dice Alfred—. Está usted vivo.

Batman intenta contestar, pero sus labios están demasiado hinchados como para hablar.

Va a tardar un par de semanas en recuperarse completamente.

FIN

Para seguir otro camino, vuelve a la página 5.

El olor de las flores no es razón para darse por vencido. ¡Batman es más fuerte que la fragancia de las lilas!

Finta a la izquierda para coger a Hiedra Venenosa con la guardia baja, pero esta huye por los arbustos en flor.

Las flores de lavanda palpitan y una neblina de fragancia púrpura rodea a Batman. La aparta abanicando con las manos, pero termina con los ojos en blanco y se desploma inconsciente en el húmedo suelo.

Se despierta cuando dos policías lo arrastran fuera de los arbustos.

—¿Cuánto tiempo llevo inconsciente? —pregunta Batman.

—Horas —dice uno de los policías—. Hemos intentado arrestar a Hiedra Venenosa en el invernadero, pero ha escapado bajo tierra con todas las semillas.

Batman frunce el ceño. Tiene un dolor de cabeza terrible… ¡Nunca más volverá a burlarse del poder de las flores!

FIN

Para seguir otro camino, vuelve a la página 5.

Con ágiles movimientos acrobáticos, Batman esquiva los ataques. Da una voltereta, gira en el aire y cae otra vez de pie.

Rueda por el suelo, da una voltereta lateral y hace un mortal, de forma que ninguna planta pueda apuntarle... o siquiera acercarse.

Pero, al estar tan ocupado haciendo piruetas, es incapaz de capturar a Hiedra Venenosa.

La supervillana sale zumbando del recinto tropical... internándose por un túnel de cristal que conduce al hábitat de las plantas carnívoras.

Batman aprieta los dientes, luego esquiva y rueda. Por fin, alcanza la salida para continuar persiguiendo a Hiedra.

Pasa a la página 95.

Batman salta por encima de los zarcillos y agarra el tallo de un apio todo lo alto que puede con los dos brazos.

El apio se dobla y sale catapultado, atravesando el jardín. Flota sobre las verduras y aterriza sobre el tractor.

—¡Has usado mi apio contra mí! —Hiedra Venenosa está furiosa.

Batman pisa el pedal y el tractor se pone en marcha con un rugido.

—Ha llegado el momento de preparar la ensalada —bromea Batman mientras pilota el tractor por el jardín segando las enredaderas, troceando los pepinos y picando las lechugas. Trozos de plantas vuelan por todas partes.

Hiedra Venenosa grita cuando ve que Batman se dirige directamente hacia ella con el tractor.

Los estudiantes vitorean a Batman mientras persigue a Hiedra Venenosa por el huerto en dirección a los árboles frutales.

Pasa a la página 21.

Batman trepa hasta el techo del kiosko y lo agujerea a patadas para subirse a la parte de arriba. Ve una rama de árbol muy robusta en las alturas.

Batman apunta con su pistola de ganchos y dispara. El cable se enreda alrededor de la rama, enganchándose con firmeza. El Caballero Oscuro amarra el otro extremo del cable al techo.

—Sujétense —les dice a la pareja de ancianos, que se agarran a las vigas de soporte.

Batman activa el cabestrante de su pistola de ganchos y, con una violenta sacudida, el mecanismo arranca la caseta de los cimientos y la eleva por los aires. La señora mayor grita de terror y las zarzas del rosal acaban desgarradas.

El kiosko se libera, alzándose hacia la rama del árbol, donde acaba colgado como una jaula de pájaros.

Batman distingue la cabellera rojiza de Hiedra Venenosa, que corre hacia el huerto de verduras adyacente.

—Discúlpenme —les dice Batman a los ancianos—. Alguien vendrá enseguida a rescatarles.

Desciende columpiándose en una cuerda y sale en persecución de Hiedra Venenosa.

Pasa a la página 93.

El último sector del invernadero es el hábitat desértico. Es cálido y seco, y está repleto de plantas que no precisan apenas humedad, incluyendo suculentas acampanadas, frondosas palmeras y cactus espinosos.

Es la última categoría la que más preocupa a Batman. Los cactus pueden ser armas mortíferas.

A través de la pared de cristal ve cómo el vigilante del ascensor sale huyendo con el trasero repleto de púas clavadas.

El uniforme de Batman está fabricado con un tejido trenzado de una aleación que puede resistir las púas de los cactus. Sin embargo, tiene que tener cuidado y protegerse las partes del rostro que su máscara deja expuestas.

—¡Hiedra! —grita Batman—. Antes de que lleves esto demasiado lejos, hablemos de forma civilizada. Podemos llegar a un entendimiento, quizá un acuerdo para compartir las semillas.

—Pareces asustado, Batman —contesta Hiedra.

—Yo, no —asegura el Caballero Oscuro—. Nunca.

Pasa a la página 94.

Batman corre por el sendero hacia una colina abarrotada con docenas de manzanos silvestres en flor. La masa de delicados pétalos rosas hacen realmente pesadas las ramas bajas y puntiagudas.

Batman se detiene en seco en los confines de la arboleda de manzanos silvestres. No sería nada inteligente correr a toda velocidad por un huerto de frutales tan estrecho y pequeño, y encima con un follaje tan tupido. Se acuclilla y ladea la cabeza para escudriñar entre los larguiruchos troncos de árbol.

A pocos metros, Hiedra Venenosa sale de golpe de detrás de un grupo de árboles. Descubre a Batman y frunce el entrecejo. Rápidamente, se lanza a la carrera adentrándose en la arboleda y desapareciendo tras un tupido muro de pétalos.

Batman sabe que seguirla seguro que resulta peligroso, pero no puede dejar que escape.

Pasa a la página 27.

Batman se adentra en el laberinto hasta la primera bifurcación: izquierda o derecha.

—¿Cómo sabré qué camino he tomado? —se pregunta en voz alta—. Es fácil perderse.

Batman recuerda el mito griego de Teseo y el Minotauro. A Teseo se le confió la misión de matar al Minotauro, una criatura mitad hombre y mitad bestia, que se ocultaba en un laberinto en tinieblas. Una mujer llamada Ariadna sugirió a Teseo que desenrollara un ovillo de hilo conforme se adentrase en el laberinto, para así encontrar el camino de vuelta cuando hubiese matado al monstruo.

—Tengo hilo en mi Batcinturón —señala Batman.

Además Batman cuenta con un comunicador conectado a un satélite GPS, así que también podría optar por usar el dispositivo de alta tecnología.

Si Batman tiende un hilo conforme avanza, pasa a la página 29.
Si decide utilizar la tecnología GPS, pasa a la página 71.

Batman se concentra en la cabellera roja de Hiedra Venenosa, que puede verse a través de los frutales, y corre hacia ella a toda velocidad.

Cuando está lo suficientemente cerca, salta tan fuerte como puede y estira el brazo para derribarla con un antebrazo volador.

Una ensordecedora explosión estalla por todas partes. La fruta de los árboles detona como dinamita, salpicándolo todo de pulpa. La explosión es lo suficientemente fuerte como para derribar a Batman. Se queda sin aire en los pulmones como consecuencia del fuerte porrazo contra el suelo. Entonces, docenas de huesos de melocotones y ciruelas caen del cielo, golpeándole en la cabeza y dejándole inconsciente.

Batman se despierta horas después en un pegajoso charco de pulpa.

Hace tiempo que Hiedra Venenosa se ha marchado.

FIN

Para seguir otro camino, vuelve a la página 5.

Batman corre a los estantes y escala hasta lo alto del quinto nivel de la estantería.

Hiedra Venenosa lanza las semillas a su alrededor.

—Los pimientos Dragón Ruby puede que no sepan escalar, pero da igual porque ya está allí arriba.

Las semillas brotan, creciendo rápidamente y madurando un fruto de un color rojo fogoso. Las plantas se arrastran por el estante hacia Batman y alcanzan sus piernas.

—Ese pimiento está considerado el chili más picante del mundo —informa Hiedra Venenosa—. Disfrutaré viéndote arder.

Arrinconado, Batman patea la planta de los pimientos ardientes, pero las cepas se entrelazan por su cuerpo. Los tallos se anudan alrededor del cuello, asfixiándole.

Un chili Dragón Ruby se mece junto a la boca de Batman.

—Cómetelo —dice Hiedra Venenosa—. Si sobrevives, te perdonaré la vida.

Pasa a la página 28.

—¡Solo son plantas! —grita Batman mientras da un puñetazo al helecho.

Su puño se hunde entre las hojas y tira de la planta arrancándola.

El helecho muerde el hombro de Batman desde atrás. Sus hojas no consiguen atravesar la capa ni el traje de Batman, pero la mordedura escuece.

—Eso duele —gruñe Batman. Patea el helecho, destrozando sus tallos, pero los brotes de helecho se enrollan alrededor de los tobillos de Batman. Amarran sus piernas y lo arrastran hacia el interior de los arbustos, donde los tallos más grandes inmovilizan todo su cuerpo. En segundos, ni siquiera puede forcejear.

Hiedra Venenosa contempla a Batman.

—Así que los helechos son más fuertes que los murciélagos —dice mientras se aleja, dejándole ahí tirado.

Batman escucha el crujido de los pinos durante horas, antes de que alguien le encuentre y consigan rescatarle.

FIN

Para seguir otro camino, vuelve a la página 5.

El huracán de flores de manzano silvestre es verdaderamente intenso. Si Batman no se resguarda, se ahogará en la vorágine de pétalos. Se agacha y se envuelve con la capa para formar una bóveda protectora.

Debajo de la capa, Batman todavía oye el azote del viento y las flores. Pero, por lo menos, tiene sitio para respirar.

Tras varios minutos, nota que los hirientes pétalos han cesado de girar. Batman alza la capa y se encuentra bajo una montaña de flores. Escarba hasta la superficie y coge aire.

Los árboles de manzano silvestre a su alrededor se han quedado pelados. El suelo parece que haya sufrido las secuelas de un huracán rosáceo.

Batman echa un vistazo por el área y ve fugazmente que Hiedra Venenosa se interna tras una verja de hierro forjado. La supervillana se adentra en el jardín de las rosas.

Pasa a la página 37.

El huerto de árboles frutales estaba sombrío y espectral, pero nada comparado con la majestuosidad del pinar.

Hiedra Venenosa se desvanece ágilmente entre sus enormes y ancestrales árboles, desapareciendo en la neblina que se acumula entre sus inmensos troncos. El bosque está extremadamente tranquilo, como si los pinos crujieran mansamente mientras duermen.

Batman persigue a Hiedra Venenosa por un sendero que discurre junto a las plumosas frondas de los helechos y sus brotes tiernos enrollados.

Mira hacia arriba y observa la vertiginosa altura de los árboles. La copa de los pinos se pierde entre las nubes.

No tiene la más mínima intención de comprobar cómo podría usar Hiedra Venenosa esas colosales plantas en su contra.

Pasa a la página 19.

Receloso ante el extraño zumbido que emiten los árboles frutales, Batman recoge una piedrecita y la tira al sendero entre los frutales.

La piedrecita rebota y se oye un «clic». De improviso, todas las frutas explotan en un jugoso y violento estallido de peras, cerezas, manzanas y melocotones.

Batman se agacha protegiéndose el rostro. Semillas y trocitos de pulpa vuelan por el aire y desgarran la tierra. Hay pulpa y metralla dulce por todas partes.

—Frutas explosivas —gruñe Batman—. Tendría que haberlo supuesto.

No quiere ni pensar qué hubiera sucedido si llega a detonar los explosivos con su propio cuerpo. Como mínimo, hubiese terminado siendo realmente pegajoso.

Una vez más, escucha la irritante risa de Hiedra Venenosa, que se oculta en algún lugar de las profundidades del huerto de árboles frutales.

Si Batman decide que ahora es seguro correr tras Hiedra Venenosa, pasa a la página 53.
Si aprovecha su habilidad para moverse sigilosamente y la persigue sin ser visto, pasa a la página 74.

Harto de pegamento por un tiempo, Batman se gira hacia la planta insectívora con forma de florero que se alza imponente a su izquierda. Apesta a néctar dulce. Los insectos son atraídos por el aroma, engañados por la planta insectívora. Se ahogan en el líquido del interior y la planta los digiere.

—Pero el néctar no tiene ningún efecto sobre mí —dice Batman. Empieza a patear la planta, pero sus hojas lo empujan desde detrás. Cae bocabajo dentro de la planta con forma tubular.

Batman hace palanca con los codos contra las paredes, sujetándose a sí mismo por encima del líquido digestivo. Bocabajo, sus piernas se bambolean en el aire.

Hiedra Venenosa se ríe.

—Estás cómodo como una chinche ahí dentro —bromea—. Disfruta mientras te engulle.

—No soy ningún bicho —gruñe—. Soy Batman.

Pasa a la página 15.

Batman arranca un trozo de la celosía de maderas entrelazadas del lateral del kiosko.

—¿Qué planeas hacer con eso, joven Batman? —pregunta el anciano.

—Las rosas trepan por las celosías —responde Batman—. Manténganse muy cerca y justo detrás de mí.

Aguantando la estructura de madera delante de él, Batman sale del kiosko y se dirige hacia las risas de Hiedra Venenosa. La pareja de ancianos le sigue de cerca.

Una zarza repleta de capullos de rosa naranjas pega un latigazo y atrapa la parte inferior del enrejado.

Batman gira hacia un lado la celosía y la zarzarrosa lo escala, desviándose a la izquierda.

—¡Funciona! —aclama la mujer mayor. Seis zarzas espinosas más serpentean hacia ellos.

—No puedo desviar a esas también —señala Batman.

Si Batman apremia a los ancianos de vuelta al kiosko, pasa a la página 35.
Si decide abrirse paso a machetazos a través de las zarzas con el madero roto, pasa a la página 41.

Usando las garras de sus guantes, afiladas como navajas, Batman decide perforar los setos y dirigirse directamente al punto en el mapa donde ha visto a Hiedra Venenosa.

El seto contraataca, creciendo de forma salvaje para rodearle, golpeándole con sus ramas y arrojándole hojas a la cara.

Pero solo es un seto, así que Batman acaba imponiéndose. Lo franquea y prosigue con el siguiente muro de brezo, acortando en diagonal a través del laberinto e ignorando los caminos preestablecidos. Poco importa si Hiedra Venenosa mueve las paredes a su alrededor... ¡Batman coge atajos!

No le lleva demasiado tiempo abrirse camino hasta el exterior del laberinto.

Descubre a Hiedra Venenosa corriendo por un espacioso prado, hacia el enorme Invernadero de Cristal abovedado en lo alto de una gran colina.

Pasa a la página 39.

Batman se acerca a Hiedra Venenosa, intentando no alterar a las abejas con movimientos repentinos.

Ella observa cómo se le acerca con la mirada fija. Cuando está a pocos pasos, comienza a dar fuertes palmadas.

Batman frunce el ceño y encoge los hombros cuando una abeja le pica en la barbilla.

¡Eso sí que duele de verdad!

Si Batman le da un manotazo a la abeja que le ha picado, pasa a la página 44.
Si ignora el dolor, pasa a la página 89.

A lo mejor si corre lo suficientemente rápido, Batman puede seguir la ruta que ha visto en el mapa antes de que Hiedra Venenosa tenga tiempo de mover el brezo. La salida solo está a seis vueltas de esquina.

Gira a la derecha, sigue hacia adelante, luego a la izquierda en una encrucijada. Según lo que recuerda del mapa, el siguiente cruce tiene que torcer a la izquierda, luego a la derecha, después seguir recto...

Batman se detiene en seco.

Un callejón sin salida.

Batman corre de vuelta por el itinerario recorrido. Gira a la izquierda en el anterior desvío, ya que recuerda que también llevaba a una salida. Pero, dos giros más tarde, se encuentra con otro callejón sin salida.

Nada que recuerde del mapa tiene la más mínima importancia... Batman se ha perdido en el laberinto.

Pasa a la página 33.

El primer hábitat simula una jungla tropical. El ambiente es tan húmedo que las anchas hojas de las plantas gotean sobre las rocas volcánicas colocadas a lo largo de un arroyo en el suelo. Huele a humedad y a cieno.

Hiedra Venenosa espera a Batman al lado de un baniano retorcido que está recubierto de enredaderas, plantas colgantes y musgo. Detrás del baniano, se alzan enormes bananeros y hay luminosas orquídeas por todos lados.

—¿Crees que ha sido buena idea seguirme hasta aquí? —pregunta Hiedra Venenosa—. Estás en verdadero peligro.

Batman comienza a sudar dentro del Bat-traje.

—No me queda otra opción —contesta—. No puedo permitir que robes las semillas del banco.

—Y yo no puedo permitir que me detengas —dice Hiedra Venenosa. Alza las palmas de las manos mientras sus ojos fulguran de rabia.

Pasa a la página 25.

Batman esquiva agachándose el punzante puñetazo del saguaro. A continuación, amaga a la izquierda pero impacta con el puño derecho en la flor blanca que crece en el rostro del cactus. Una púa se le clava en el guante, pero no consigue atravesar el material reforzado de los nudillos.

Mientras el saguaro se tambalea, Hiedra Venenosa prepara su siguiente ataque. Cientos de cactus de todo el invernadero apuntan sus púas contra Batman.

—¡Fuego! —grita la supervillana.

Miles de púas surcan por los aires. Batman salta detrás del saguaro con los brazos en alto, escondiéndose para usarlo como escudo. Los pinchos de los demás cactus se hincan como flechas por todo el saguaro. Se derrumba, derrotado.

—¡Fuego! —grita otra vez Hiedra Venenosa.

Los cactus disparan otra ráfaga de púas letales.

Si Batman voltea una mesa de siembra para buscar cobertura, pasa a la página 18.
Si se envuelve con la capa, pasa a la página 91.

El movimiento del ascensor atrae la atención de Hiedra Venenosa. Se apresura hacia la puerta de la cámara acorazada, mirando fijamente a Batman.

—Eres tan persistente como las malas hierbas —dice furiosa—. Tengo una lección de historia para ti.

Lanza una semilla al suelo delante de Batman. Germina y crece instantáneamente, largas frondas se expanden como si fueran un puño abriéndose.

—Una palmera datilera —indica Batman—. Procedente de las semillas más antiguas del mundo.

—Recolectadas hace más de dos mil años —admite Hiedra Venenosa—. Y está más viva que nunca.

Con asombrosa rapidez, la pequeña palmera comienza a madurar racimos de frutos de un olor muy dulce, que cuelgan como uvas. Los dátiles se abren enseguida, derramando en el suelo una savia muy pegajosa.

Sueltan tanta sustancia pringosa que rezuma hacia las botas de Batman.

Si Batman vierte semillas para cubrir la savia, pasa a la página 24.
Si escala por los estantes para intentar escapar, pasa a la página 54.

Bajo la influencia de Hiedra Venenosa, una venus atrapamoscas se hincha hasta alcanzar un tamaño enorme. Sus hojas-trampa dentadas son tan grandes como la cabeza de Batman, que retrocede mientras Hiedra Venenosa se desternilla.

—No soy comestible —dice Batman. Tiene que conseguir hacer saltar todas las trampas antes de que consigan morderle, pero... ¿cómo?

Buscando en su Batcinturón, Batman coge un bote con glóbulos de pegamento. Cada perdigón está repleto de pegamento instantáneo.

—Perfecto —dice.

Cuando una trampa le amenaza, Batman lanza un glóbulo de pegamento dentro de sus fauces. Muy pronto, todas las plantas carnívoras han quedado selladas.

Hiedra Venenosa grita de frustración.

A la izquierda de Batman, se alza una planta insectívora gigantesca y gorjeante. A la derecha, brotan altos especímenes de rocío del sol, que mecen sus pegajosos tentáculos.

Si Batman arremete contra la rocío del sol, pasa a la página 43.
Si ataca a la planta insectívora, pasa a la página 60.

Hiedra Venenosa se interna como un rayo por un pórtico de entrada al laberinto de setos. Las paredes están hechas con setos de tejo podados en densos arbustos, con casi tres metros de altura y metro y medio de anchura.

Batman la sigue por el soleado y tranquilo laberinto, astillas de madera tierna cubren el suelo. Oye unos crujidos.

Detrás de él, el arco de acceso se llena con ramas y hojas... sellando la entrada completamente. En segundos, ya no queda ni rastro.

—Hiedra Venenosa puede mover las paredes —dice Batman con una sonrisa—. ¡Esto va a ser im-presionante!

Pasa a la página 52.

—Intentémoslo aplicando la tecnología moderna —dice Batman y ordena:

—Mostrar mapa satélite del laberinto de setos del Jardín Botánico Giordano.

—Procesando —contesta la voz robótica.

Un mapa aparece proyectado sobre sus lentes. Batman agranda el laberinto, estudiando qué trayectoria tiene que seguir. Su localización aparece señalada con un punto azul.

Pide a la computadora que muestre el rastro de calor de otros seres humanos dentro del laberinto.

Aparecen unos gráficos infrarrojos que muestran un punto rojo cerca de la salida. Esa es Hiedra Venenosa...

Un repentino tirón de la capucha de Batman sacude su cabeza y el mapa desaparece. Una rama de brezo ha arrancado el trozo de oreja de la capucha Batman... que justamente alojaba su antena GPS.

—Las plantas deben de haber detectado la señal —gruñe Batman—. ¡Tengo que empezar a pensar en encriptar mi conexión por satélite!

Si Batman decide atajar a través de las paredes de setos, pasa a la página 62.
Si intenta encontrar a Hiedra Venenosa aplicando lo que recuerda del mapa, pasa a la página 64.

—No te olvides de oler las lilas —dice Hiedra Venenosa—. Encuentro su perfume... embriagador.

Los arbustos de lilas se agitan y estremecen a su alrededor, las flores palpitan a las órdenes de Hiedra Venenosa.

Una neblina púrpura, fría y húmeda, brota de las flores cónicas y se alza hacia el cielo. Los vahos rodean a Batman, suspendidos pesadamente en el aire.

La embriagadora fragancia a lilas se intensifica rápidamente. En segundos, el perfume de las flores es completamente abrumador. Batman carraspea, notando que empieza a ahogarse dentro de semejante efluvio floral.

¡Pero si solo son lilas! Un perfume no puede ser peligroso... ¿no es así? Mientras Batman está distraído con el olor, Hiedra da vueltas a su alrededor y alza los puños en la niebla.

Si Batman se sacude el perfume y combate contra Hiedra Venenosa, pasa a la página 26.

Si Batman se pone primero la máscara de gas, pasa a la página 81.

Hiedra Venenosa alza las manos. Las flores de peonía se estremecen en los arbustos y su olor se intensifica. El aroma no es desagradable, simplemente mucho más fuerte.

—¿Se supone que eso debería hacerme retroceder? —pregunta Batman—. Me encanta el olor de las peonías.

Hiedra Venenosa sonríe.

En ese instante, Batman escucha el zumbido de las abejas, que es cada vez mayor. El poderoso perfume está atrayendo hacia los setos a más insectos.

Las abejas se tiran en picado alrededor de Hiedra Venenosa, rodeándola y formando una nube difusa. Batman puede sentir cómo el zumbido retumba en su pecho.

¡Tiene que detenerla antes de que use a esas abejas encolerizadas contra él!

Si Batman se acerca lentamente a Hiedra Venenosa, pasa a la página 63.
Si se lanza a la carga contra su archienemiga, pasa a la página 86.

Acechando a su presa sigiloso como una pantera, Batman sale de detrás del peral sin ser visto. Tiene muchísimo cuidado de no pisar ninguna ramita u hoja seca. Se esconde tras un ciruelo desde el que puede ver a Hiedra Venenosa, aunque ella no puede verlo a él.

Hiedra Venenosa escucha los árboles frutales con la cautela de un ciervo. Después de permanecer inmóvil y en silencio durante mucho tiempo, camina por el sendero hacia los confines del huerto.

Batman acecha arrastrándose desde el ciruelo hasta un manzano y, de allí, a un peral.

Su pie pisa un palito seco, pero se congela instantes antes de emitir un chasquido.

«¡Fiu! Ha estado cerca», piensa.

A continuación, se escabulle de forma segura del huerto de árboles frutales y ve a Hiedra Venenosa corriendo internándose en un pinar.

Pasa a la página 57.

Hiedra Venenosa se desliza al interior de un matorral de hortensias, desapareciendo entre la maleza que florece con ferocidad.

Batman la persigue por el interior. Las ramas la rodean y se encrespan, enganchando su capa. Sus flores relucen pasando del púrpura al azul, luego del rosa al blanco y de vuelta al negro. Los colores se aceleran, consiguiendo que Batman se sienta enfermo y aturdido.

—Filtro de color —comanda Batman—. Solo niveles seguros.

—Sus lentes se ajustan de forma automática.

Franquea el seto abriéndose camino con las afiladas cuchillas laterales de sus guantes.

Sale libre a una colina cubierta de hierba, pero Hiedra Venenosa ha desaparecido.

El camino se divide en tres. Una señal indica que el sendero de la izquierda lleva al campo de lilas, el del medio hacia las peonías y el sendero de la derecha conduce a los manzanos silvestres.

¿En qué dirección debería buscar Batman a Hiedra?

Si Batman busca en los arbustos de lilas, pasa a la página 88.
Si registra las peonías, pasa a la página 31.
Si Batman investiga la arboleda de manzanos silvestres, pasa a la página 51.

Batman espera a ver qué hace antes de realizar un movimiento, los poderes de Hiedra Venenosa son impredecibles.

—¡Tiembla de miedo ante mis flores! —exclama Hiedra Venenosa. Hace un ademán ostentoso con la mano y los pétalos del manzano silvestre comienzan a temblar y saltar de las ramas del árbol como pequeños perdigones.

Batman levanta una mano, protegiéndose la cara de las flores.

—¡Cálmate, Pamela! —grita—. ¡Todo esto no es necesario!

Hiedra Venenosa se ríe. Mueve las manos hacia los lados y toda la arboleda dispara sus flores contra Batman. Los pétalos lo golpean, pegándose en su rostro y tapándole la nariz y la boca.

Si Batman intenta detener a Hiedra Venenosa dando una patada a ciegas, pasa a la página 23.
Si se protege debajo de su capa, pasa a la página 56.

Batman esquiva agachándose las raíces estranguladoras del higuerón y rueda hasta la manguera oculta detrás de un falso peñasco. La raíz más cercana le aferra un pie y otra le engancha por la muñeca.

Golpea una de las raíces con su pie libre y corta la otra raíz con las afiladas cuchillas del lateral de su guante.

Antes de que cientos de raíces le atrapen, Batman alza la boquilla de la manguera y las repele con un chorro de agua a máxima potencia.

Se estrellan de vuelta contra el baniano.

—¡Mis epífitas! —grita Hiedra—. No importa… ¡este invernadero es mi arsenal!

Aprieta los puños. Los bananos a su espalda se ciernen hacia delante y aplastan la pieles de las bananas maduras, disparando las frutas como misiles.

Si Batman lanza sus Batarangs contra las bananas, pasa a la página 36.
Si esquiva las bananas con movimientos acrobáticos, pasa a la página 46.

Batman intenta escapar y correr de vuelta por el sendero, pero los helechos se alzan delante de él y le bloquean la salida.

Los helechos crecen muy rápido, expandiéndose para convertirse en un gran monstruo verde.

—Puede que parezca un monstruo —se recuerda a sí mismo Batman— pero siguen siendo helechos.

El helecho ataca a Batman, le agrede con sus dientes de hojarasca y luego alza su cola con púas.

Si Batman sale en desbandada y escala un pino para escapar, pasa a la página 42. Si combate contra los helechos, pasa a la página 55.

Cuando Hiedra Venenosa desciende al banco de semillas, Batman cuenta hasta veinte y sale a la carrera hacia el ascensor.

Los cactus disparan sus púas. Batman se cubre el rostro mientras corre y, cuando alcanza la puerta, se hace un ovillo dentro de su capa. Las espinas se clavan en su espalda como si fuera un puercoespín.

Batman ignora los pinchazos. Forcejea para abrir las puertas del ascensor y se lanza por el hueco del ascensor, aferrándose a los cables del aparato.

Batman cae con fuerza sobre la cabina del ascensor, patea un panel del techo y desciende al interior. Las compuertas de la cámara acorazada están abiertas.

Dos vigilantes yacen inconscientes enfrente del acceso al banco de semillas, sus ojos giran con motas de un tono verde tóxico.

—Hiedra Venenosa ha usado sus esporas de control mental —advierte Batman.

Pasa a la página 22.

Batman da una voltereta hacia detrás, alejándose de Hiedra Venenosa. Cae cerca del borde de los arbustos de lilas, donde el aire es algo más puro. Se toma un instante para recuperarse y saca la mini máscara de gas de su Batcinturón. Se la coloca sobre el rostro e, inmediatamente, se interna de nuevo en la neblina púrpura.

Comienza otra vez a sentirse mareado.

—Computadora —dice Batman— analiza los niveles de toxicidad del aire.

—El aire está saturado de fragancia de lila concentrada —informa el ordenador— aunque no es venenosa.

—No me extraña que la máscara de gas no filtre el aire —gruñe Batman—. No es tóxico... solo es aletargante.

Está perdiendo demasiado tiempo y Hiedra Venenosa se escapa.

Mientras se quita la máscara, Batman considera qué otra cosa de su Batcinturón podría utilizar.

Si Batman saca un fósforo y lo prende, pasa a la página 13.
Si decide soportar el perfume sin usar ningún truco, pasa a la página 45.

Batman desenfunda con dificultad un Batarang afilado de su Batcinturón. Girando sobre sí mismo, va cortando los tentáculos y libera sus hombros.

A continuación, consigue extraer uno de sus brazos y se agacha para trocear los tentáculos que sujetan sus piernas.

Justo en ese momento, alguien le da un fuerte empujón por la espalda.

Batman cae sobre la rocío del sol, que retuerce sus tentáculos alrededor de todo su cuerpo. Solo el rostro de Batman queda libre. Descubre que Hiedra Venenosa le mira sonriendo.

—No podía dejar que podaras mi rocío del sol —dice—. Ahora ella te digerirá con su abrazo fatal.

Hiedra sale corriendo en dirección al banco de semillas.

Por suerte, los fluidos digestivos de la rocío del sol no afectan a Batman a través del grueso Bat-traje, pero tiene que esperar horas hasta que la policía le rescata del interior de la planta.

Para cuando es liberado, Hiedra Venenosa ha desaparecido y el banco de semillas está vacío.

FIN

Para seguir otro camino, vuelve a la página 5.

Los gritos de una anciana provienen del kiosko central.

Batman corre por el jardín y tira de su capa cuando se engancha en las púas de las zarzas. La risa burlona de Hiedra Venenosa resuena entre las hileras de rosas.

Batman ve a una pareja de ancianos resguardándose en el kiosko. El señor golpea una zarza con un bastón para proteger a su mujer.

—¡Batman! —grita la anciana—. ¡Socorro! Venimos aquí bien temprano todas las mañanas, ¡pero las rosas jamás habían actuado así antes!

—Hiedra las ha vuelto agresivas —explica Batman mientras entra de un salto en el kiosko—. Yo les protegeré.

Pero no hay gran cosa con la que pueda enfrentarse a la zarzarrosa. Una celosía de madera sin plantas le da una idea a Batman, aunque quizá sea más inteligente mantenerse resguardado en el kiosko.

Si Batman se resguarda en el kiosko con la pareja de ancianos, pasa a la página 35.
Si aprovecha la celosía para escapar, pasa a la página 61.

Hiedra Venenosa lanza un puñado de diminutas semillas hacia Batman. Empiezan a germinar cuando aún vuelan por el aire, enredándose en tallos y brotando, incluso antes de tocar el suelo, unos frutos con forma de lagarto de color rojo pasión.

Batman reconoce el olor al instante.

—Pimientos —dice.

—Los pimientos más picantes del mundo —confirma Hiedra Venenosa—. Se llaman Dragones Ruby. Son flamígeros y van a por ti.

Los voluptuosos y bulbosos pimientos rojos reptan hacia Batman con sus retorcidos tallos.

Batman retrocede. Esos vegetales podrían explotar en cualquier momento, ¡rociándole con un jugo y semillas mil veces más picantes que un jalapeño!

—Cómete uno —dice Hiedra Venenosa— y puede que me entregue.

Si Batman muerde un pimiento chili, pasa a la página 28.
Si escala los estantes para escapar, pasa a la página 54.

La mirada de Hiedra Venenosa centellea y las enredaderas de pepinos y tomates estallan en una maraña salvaje.

Antes de que Batman pueda reaccionar, entrelazan sus piernas, agarran sus brazos y lo inmovilizan totalmente.

—Eso te retendrá el tiempo suficiente —dice Hiedra Venenosa—. Niños, no intentéis liberar a Batman... ¡o la enredadera os atrapará a vosotros también!

Hiedra Venenosa sale caminando tranquilamente del huerto y se dirige al banco de semillas.

Desvalija el jardín botánico mientras Batman forcejea inútilmente con las enredaderas.

Y lo que es aún peor... los decepcionados estudiantes presencian la derrota de Batman con los ojos como platos.

FIN

Para seguir otro camino, vuelve a la página 5.

Batman salta hacia adelante y alarga los brazos para agarrarla, antes de que pueda utilizar las peonías para dirigir a las abejas.

Pero antes de que pueda acercarse lo suficiente, Hiedra Venenosa ladea la cabeza y las peonías a su alrededor le rocían su polen en la cara. Tiene que detenerse a estornudar y limpiarse las lentes.

—¡Salud! —dice Hiedra Venenosa, exhibiendo una sonrisa de superioridad.

—Gracias —le contesta Batman.

Las abejas dejan de volar en círculos alrededor de ella y salen zumbando hacia Batman, que intenta no encogerse de dolor cuando se lanzan en picado contra su cabeza.

Se queda congelado mientras las abejas se congregan en su mentón y mejillas. En apenas segundos, forman una barba espesa que zumba y corretea colgando hasta su pecho.

Cientos de inquietas patas, antenas y cuerpos diminutos corretean por su cara causándole un picor infernal.

Si Batman abofetea a las abejas que corretean por su cara, pasa a la página 44.
Si decide acercarse con calma a Hiedra Venenosa, pasa a la página 63.

Batman ve por el rabillo del ojo cómo la cabellera rojiza de Hiedra desaparece detrás de unos frondosos arbustos de lilas. Corre hacia allí, saltando por encima de una pequeña valla de estacas blancas.

Los arbustos están colmados de flores de lavanda en forma de cono. Los arbustos son casi medio metro más altos que Batman, que nota la poderosa fragancia de las lilas mientras corre hacia el lugar donde vio por última vez a Hiedra Venenosa. Una curvilínea pierna verde sale de detrás de un arbusto y le pone la zancadilla.

Batman se agacha hacia adelante y rueda entre dos arbustos. Se pone en pie de nuevo, dándose la vuelta para encararse con su enemiga.

Hiedra Venenosa sonríe.

Pasa a la página 72.

Batman aprieta los dientes cuando le pica la abeja. Su mentón palpita de dolor, pero sigue inmóvil cuando Hiedra se gira y sale corriendo a toda prisa de entre los setos de peonía. Desaparece tras la curvatura de la colina.

En cuanto se marcha, las abejas zumban unos instantes alrededor de Batman.

Sin los poderes de Hiedra Venenosa reforzando el perfume de las peonías, el aroma se dispersa en la brisa.

Las abejas pierden interés en Batman y vuelven a su quehacer recolectando polen.

En cuanto se libra de los insectos, Batman sale a la carrera tras los talones de Hiedra Venenosa.

Ve a la supervillana a los pies de la colina, internándose por la puerta de la verja de hierro ornamental que delimita el jardín de las rosas.

Pasa a la página 37.

Usar el tractor contra las verduras ciclópeas de Hiedra Venenosa parece la mejor opción, pero el vehículo agrícola está en la otra punta del jardín. En medio están los descomunales pepinos, el bosque de apio y los gigantescos cogollos de lechuga, que agitan amenazantes sus hojas.

Los tomates, grotescamente rechonchos, se contonean listos para caer de la mata y aplastar a los estudiantes.

—¡Batman, ayúdanos! —grita la profesora.

Batman se centra en el tractor. Tiene que ponerse en acción.

—Estás pensando en ese tractor —dice Hiedra—. Mis enredaderas te atraparán antes de que puedas ni siquiera acercarte.

¿Cómo podría Batman franquear esas viles enredaderas?

Si salta sobre el tallo de un apio gigante, pasa a la página 47.
Si salta por encima de un pepino ciclópeo, pasa a la página 85.

Batman derriba al saguaro y se envuelve con la capa de la cabeza a los pies.

Puede sentir los dolorosos impactos de las púas. Le golpean tantas espinas a la vez que le obligan a retroceder. Pisa una suculenta carnosa y resbala, chocando con la espalda contra el corcho del tablón de anuncios.

—¡Fuego! —grita Hiedra Venenosa—. ¡Trazar su silueta!

Los cactus lanzan sus pinchos de nuevo, esta vez son el doble que la vez anterior. Asimismo, en esta ocasión las espinas no impactan contra el cuerpo de Batman, sino que le rodean y dibujan su contorno… dejando su capa clavada en el corcho.

Batman se retuerce, pero está sujeto con fuerza.

—Tú pierdes, Batman. —Se congratula Hiedra Venenosa—. Perdona por ser tan cortante, pero vayamos directos al grano.

Seguidamente, saquea el banco de semillas.

FIN

Para seguir otro camino, vuelve a la página 5.

Batman salta hacia adelante, arrojándose contra Hiedra Venenosa.

Ella lo esquiva hacia un lado, se gira y golpea con los puños entrelazados la espalda de Batman.

Batman se tambalea sorprendido pero se recupera de inmediato, rodando hacia adelante y colocándose de cuclillas. Se había olvidado de lo ágil y fuerte que es Hiedra. No va a volver a subestimarla.

Hace una voltereta sobre las manos, proyectándose contra Hiedra con los pies por delante.

Antes de que Batman pueda golpearla, Hiedra aprieta los puños y la rama de un manzano se estira delante de ella, bloqueando el ataque. Las ramas empujan a Batman hacia atrás, a las profundidades de la arboleda.

Batman escupe un pétalo rosa cuando las ramas se retiran.

—Hoy te has levantado de mal humor —dice Batman.

—Aparta de mi camino —contesta Hiedra Venenosa y vuelve a alzar las manos con la mirada centelleante.

Si, antes de actuar, Batman se agacha y adopta una posición defensiva, pasa a la página 77.

Si intenta darle una patada giratoria en la cabeza a Hiedra, pasa a la página 23.

Batman sigue a Hiedra Venenosa hasta un área rodeada por una verja de malla de alambre. Dentro hay alineadas hileras de cajas de sembrado de pequeño tamaño, llenas de tierra y con verduras plantadas. Batman corre por un pasillo entre zanahorias, apios, lechugas, tomates y pepinos hacia el tractor.

Dentro de un cobertizo, una docena de escolares chillan todavía dentro de sus sacos de dormir. Batman se desvía en esa dirección.

—¿Estáis aquí de acampada? —pregunta Batman a su profesora.

—Sí —explica ella—. ¡Quería que estos chicos de ciudad experimentaran cómo es la vida en una granja!

Los niños chillan y señalan hacia Batman.

Hiedra Venenosa está de pie entre las hileras de verduras con los brazos extendidos, sus ojos fulguran con un tono verduzco. Las plantas se retuercen y reptan, removiendo la tierra. Las verduras crecen hasta alcanzar un tamaño descomunal.

—¡No me gusta la vida en el campo! —gimotea una chica.

Pasa a la página 17.

—Si no estás asustado —contesta Hiedra Venenosa— es que eres estúpido.

Batman no se preocupa por responder. Se agacha, preparado para cualquier cosa horrible que pueda lanzarle su enemiga.

Hiedra le lanza un beso a un cactus saguaro que está a su lado. La espinosa planta mide casi tres metros de altura y tiene alzados dos brazos como si fuera un caco rindiéndose ante la policía.

De repente, baja las extremidades para ponerse en guardia como un boxeador. El cactus da puñetazos al aire.

—Hablando de estupideces —dice Batman, agitando la cabeza con desaliento.

El saguaro lanza un potente directo contra el rostro del Caballero Oscuro.

Si Batman sale corriendo de la sección de cactus, pasa a la página 38.
Si combate contra el saguaro, pasa a la página 66.

Cuando Batman alcanza el final del túnel de cristal, Hiedra ya ha entrado en la estancia de las plantas carnívoras. Batman irrumpe detrás de ella.

El hábitat de menor tamaño del invernadero es soleado, cálido y húmedo. Es similar al recinto selvático pero el olor es completamente diferente. La tierra es cieno negro y apesta como en un cenagal. Moscas y mosquitos zumban sobre el lecho de las altas plantas insectívoras, los manojos achaparrados de venus atrapamoscas y los montículos de las delicadas y relucientes rocío del sol.

Hiedra Venenosa no pierde el tiempo con amenazas... en ese hábitat no hay más que amenazas.

Sus ojos fulguran con un verde tóxico mientras concentra todos sus poderes en la venus atrapamoscas que hay entre ella y Batman.

Batman se agacha en alerta máxima. ¡Esa planta come carne!

Pasa a la página 69.